纸上谈兵

周功鑫　主编

目录

成语"纸上谈兵"出自《史记》中的《廉颇蔺相如列传》。故事讲述战国时期，大约从公元前 265 年开始，秦国大举进攻韩国。三年后，韩国国君畏惧秦国强大，打算向秦国屈服，割让上党郡以求和，郡守冯亭却想将城邑改献给赵国，借此获得赵国的支援。

在"长平之役"中，赵孝成王原本派了富有作战经验的廉颇前往接收上党郡，并守卫上党郡的交通要道长平，有力阻挡了秦军的北上和东进。可是赵孝成王后来听信秦国散布的谣言，在大约公

元前 260 年，改为命令赵括替代廉颇。赵括虽然熟读兵书，但没有实际带兵打仗的经验，结果导致赵军被秦军彻底击溃，全军覆没。赵国损失四十多万士兵，国力大损。

后人经常以"纸上谈兵"来形容有些人只知道理论，却没有实际经验，最终把事情弄糟。

◎ 战国时期：公元前 476 年至公元前 221 年。

◎ 秦昭襄王：生于公元前325年，卒于公元前251年。

◎ 白起：生年不详，卒于公元前257年。

6

战国晚期，秦国一直是韩、赵、魏、齐、楚、燕六国的强敌。秦昭襄王野心勃勃，他任用英勇善战的白起为将军，经常出兵干扰六国，令六国备受威胁。

这时候，赵惠文王虽然不像父亲赵武灵王（生年不详，卒于公元前295年）那般刚毅威武，但也是一位英明善战的君王。他在廉颇与蔺相如等贤臣的辅佐下，延续父亲辉煌的基业，带领赵国走上最鼎盛的时期。当时赵国的实力足以与秦国抗衡，是秦国进行兼并战争中的唯一对手。

◎ 廉颇：约生于公元前321年，卒于公元前238年，以成语"负荆请罪"名传后世。

◎ 赵惠文王：生于公元前310年，卒于公元前266年。

◎ 蔺相如：约生于公元前310年，卒于公元前241年。

7

赵惠文王三十年（公元前 269 年），秦昭襄王派兵进攻赵国的阏与。阏与和韩国北面的上党郡相邻，秦军要越过上党郡，才能进占阏与。赵惠文王身经百战的廉颇和乐乘商量对策。一向耿直的廉颇率理位置上看，邯郸在太行山的东翼，阏与在太行山的与的路途遥远，山路艰险狭窄，派兵救援不是一件

见战局紧张，急忙召见先说："大王，从地西翼。由邯郸到阏容易的事啊！"

◎ 乐乘：生卒年不详，活跃于赵惠文王、赵孝成王和赵悼襄王期间。

赵惠文王转向乐乘，问道："乐乘将军，你对此事有何高见？"

乐乘回答说："大王，廉颇将军　　　　　　　说得很有道理，我十分同意他的看法。"

◎ 阏与：今山西省和顺县。
◎ 邯郸：今河北省邯郸市。

9

赵惠文王听完二人的意见，仍然不想放弃阏与；他召见赵奢，问了同样的问题。赵奢回答说："大王，照地势看来，出兵救援阏与的确不容易。但是这情况就好比两只老鼠在洞穴里纠缠打斗，勇敢的一方一定会取得胜利。"

听完赵奢的分析，赵惠文王坚定地说："你的话很有道理，值得一搏。"他想，赵奢有勇有谋，正是领军的合适人选，于是就派赵奢率领援军前往阏与。

◎ 赵奢：约生于公元前
323 年，卒于公元前
261 年。

赵奢领命出发，大军离开邯郸不久，便在途中停下。他们不但不急着前进，还在停驻地筑起堡垒。此时，占领了阏与的秦军养精蓄锐，打算趁赵军因长途跋涉而疲惫不堪的情况下，杀他个片甲不留。

可是，秦军等啊等，却连半个赵军的影子都看不见。他们十分纳闷，于是派间谍假装商旅，寻找赵军的下落。这天，秦国的间谍终于找到赵奢的军营，他们高兴极了，决定深入军营探个究竟。他们对守卫说："我们是商人，走累了，可以在这里休息一下吗？"

13

守卫的头目马上向赵奢请示。赵奢心想："秦军果然等急了，派探子探虚实来了。"他对来报的士兵说："你派人准备酒菜，好好招待他们。如果他们询问军情，就说我们怕山路险阻，不准备前往阏与，只会在此守备。"

间谍们尝过酒菜后，问赵国的士兵："听说阏与被秦军占领了，你们该前往营救的吧？为何在此驻军不动呢？"士兵回答："你们有所不知。从这儿往阏与路途遥远崎岖，我们的装备又那么笨重，要前去并不容易啊！"间谍再问："那贵军有何打算？将军可有向你们透露？"士兵说："赵将军虽然未有明言，但按我看来，他的意思该是守在这战略要道上，不让秦军来犯邯郸便是。"

15

间谍从士兵口中探得"赵军只顾着守备，不敢前往营救阏与"的消息，赶紧回秦营汇报。秦国军士知道"真相"后，纷纷嘲笑赵军："赵军太不济了，区区一座太行山，就把他们难倒了。"

16

间谍离开赵营之后，赵奢知道秦军必定会因此而松懈。他马上下令："全军脱下皮制的厚重甲衣，改换轻装，全速向阏与前进。"结果赵军仅花了两天一夜，便赶到前线。他们在弓箭部队的护卫下，迅速地筑起营垒，驻扎下来。

这时军士许历向赵奢建议："将军，我军应在秦军到来之前登占北方山头，并在另一方埋下伏兵，准备夹攻秦军。"赵奢按照他的建议作了安排。

◎ 许历：生卒年不详，活跃于赵惠文王期间。

17

秦军听到赵军到达阏与的消息，慌忙派兵来攻打赵营。秦军被占领了北面山地和埋伏的两支赵军夹攻，结果大败。

赵奢成功援救了阏与，赵惠文王马上下令："赵奢营救阏与有功，册封为马服君。"当时马服君的地位，相当于廉颇的大将军和蔺相如的右上卿，可见赵惠文王对成功保卫阏与十分高兴。

阏与之战三年后，赵孝成王继位。秦昭襄王趁他刚登基，无暇理会其他国家的战事，积极向东侵略。几年之间，秦国大将军白起攻下太行山旁的几座城邑，掌控住太行山山脉的通道关口。到大约赵孝成王四年（公元前 262 年），进一步攻取野王，切断上党郡与韩国南边城市的联系，试图将拥有十七座城邑的上党郡纳入秦国的版图。

20　◎野王：今河南省沁阳市。

韩王畏惧秦国，派将领冯亭前往接替上党郡的郡守，并向秦国献上城邑以求和。冯亭不愿意投降，他心生一计："与其将上党郡拱手让给秦国，壮大秦国的势力，还不如献给邻国赵国。一旦赵国介入，韩国就多一个得力的帮手共同对付秦国，这样韩国不是更安全吗？"于是，冯亭向赵孝成王发出相赠上党郡的消息。

◎上党郡：今山西省东南部。

◎冯亭：生年不详，卒于公元前260年。

21

◎ 平原君：生年不详，
卒于公元前252年。

◎ 赵孝成王：生年不详，
卒于公元前245年。

赵孝成王得知这个消息后，内心挣扎："我应不应该接受呢？如果接受，虽然多了十七座城邑，但却会开罪秦国……如果不接受，上党郡便会落入秦国手中……"他举棋不定，于是向兄弟平阳君和平原君征求意见。

平阳君看出冯亭此举是想得到赵国协助，说："我认为不宜接受，以免激怒秦国，令秦国有借口与我国交战。"平原君却持相反意见："我认为应该接受。这样我国不但多了城邑，和韩国的关系也会更加紧密；秦国想与我国交战时，韩国定会出手共同对抗秦国。"赵孝成王赞同平原君的看法，说："平原兄的主张正合我意。我派廉颇率军去取上党郡吧。"

◎ 平阳君：生卒年不详，活跃于赵孝成王期间。

廉颇领军来到上党郡，他观察地形后对冯亭说："凭我多年的军事经验，我们应该进驻南边的长平。只要守住长平，秦军便不能往北进入上党，更无法往东越过太行山接近邯郸。这样赵、韩两国都会更安全。"冯亭同意廉颇的策略，指示韩军与廉颇的军士一同进驻长平。秦昭襄王知道后勃然大怒，派兵进攻长平。廉颇以拖延战术阻挠秦军速战的计谋，待他们身心疲惫再伺机进攻。赵、秦两军沿着长平旁的山地筑起壁垒，东西对峙。尽管秦军数度挑衅，廉颇仍然不为所动，只是派士兵备妥强弓硬弩，在壁垒之上固守。

　◎ 长平：今山西省高平县西北。

秦昭襄王眼看秦军在长平三年竟然无法越垒一步，便想用计让赵孝成王撤换廉颇。他想到赵国名将赵奢的儿子赵括。当时赵奢已死，赵括虽然自幼熟读兵书，却从未有过带兵经验。秦昭襄王于是派人到赵国散布谣言，说："廉颇只敢守着营垒，根本就是害怕秦军。要是换成赵奢的儿子赵括领军，秦军一定害怕得不敢再来攻打赵国。"听信谣言后，年轻气盛的赵孝成王求胜心切，动了更换赵括为统帅的念头。

这天，赵孝成王把赵括召进宫中，问道："对于长平的战事，你有什么看法？"赵括侃侃而谈，并说："如果今天我们面对的是秦国大将军白起，或许我还得费些心思考量战略。但现在秦国派的是个无名小将，这场仗可以说不费吹灰之力就能打赢。"赵孝成王听了之后，大喜过望。

◎ 赵括：生年不详，卒于公元前260年。

此时蔺相如身患重病，他得知赵王可能换将的消息，非常忧心，赶忙前往规劝："长平战事看似僵持，但廉颇驰骋沙场多年，必定有他的战略考量。虽然赵奢是位名将，但不代表他的儿子也有同样的能力。赵括自幼熟读兵书，但缺乏作战经验。战场上多有变化，他毕竟年轻，面对狡诈的秦军，恐怕无法随机应变。就像一张瑟，如果弦柱被胶黏住，便无法调弦和顺利弹奏了。因此，换将一事还请大王三思。"可是，蔺相如的话没有改变赵孝成王执意换将的想法。

换将的消息很快传到赵括母亲耳中。她回忆起赵奢生前的话："你别看儿子跟我谈论兵法时好像占尽上风，其实他说的方法都是行不通的。唉！嘴巴说说当然容易，真正上了战场，那可是要以性命相搏的啊！当年我在阏与一战成名，除了有自己的策略之外，最重要的是我能够虚心听取下属的建议。儿子自视过高，让他带兵打仗，铁定是要兵败将亡的啊！"

想到这里，赵母不禁担心。在她看来，儿子总是自以为是，既固执又不受教。赵孝成王也不如赵惠文王那样英明。不久，换将的命令颁下来，赵括喜形于色，根本不知道大祸临头，赵母见状更加担忧。

于是，赵母上书赵孝成王，恳请他收回委任令。赵王感到奇怪，召她前来问道："你的儿子现在身为统帅，你应该感到荣幸才是，怎么反而反对呢？"

赵母回答："大王，您有所不知。赵括跟他父亲赵奢大不相同，他无法担负这么重要的任务。赵奢一接受出兵的命令，就一心一意想着如何打胜仗，完全不过问家里的事；赵括刚刚受命为统帅，便得意忘形、作威作福起来。他父亲生前也说过对儿子过于自负的性格非常担忧。所以，我希望大王能收回成命。"

赵孝成王不以为意地说:"虽然你的话也有几分道理,但我看赵括谈论兵事时侃侃而谈,一副胸有成竹的样子,还是按计划这么办吧!你就别再担忧了。"

赵母眼见无法说服赵孝成王,便说:"大王既然心意已决,那我也不敢再说什么。但请您念在赵奢生前为赵国尽心尽力,立下不少汗马功劳,如果将来赵括无法称职,希望不要牵连赵家其他人。"赵孝成王一口应允了她的请求。

赵括替代廉颇成为统帅后，急着表现自己的能力，一到前线便大幅更改原先的部署，准备主动出击，一举歼灭秦军。

冯亭见赵括如此安排，急忙前来劝告："赵将军，廉颇将军原来的安排都经过深思熟虑，所以秦军一直无法攻下我军。如今改变战略，必定会改变整个形势，请将军审慎考虑再作决定。"

可是赵括一意孤行。秦国虽然知道赵国中计，但也不敢大意，暗中加派白起率军前往长平应战。根据地势和赵军的部署，白起作了针对性的军事调整：一方面布下长达十多公里的阵地，防御赵军的进攻；另一方面暗中派遣两支军队断绝赵军的后路。

赵、秦两军交锋了！白起正面迎战不久，便假装败退，引赵军前进。赵括中计，领军一直进入秦军布局的壁垒下，迟迟无法进占。这时，白起事先安排的两支军队，一支从后包围赵军，切断他们与后援营垒的联系；另一支则绕道去阻拦赵军的补给粮道，截断他们的支援。在后路被截断，又没有后援的情况下，赵营士气低落。将士被困了四十多天，因缺粮挨饿而大大削弱了战斗力。虽然赵军兵分四队轮番向秦军反攻，仍然无法突破重重包围。

最后，赵括亲自带兵迎战，却被秦军射死。赵军大败投降，白起高兴极了，他下令："释放两百个战俘，让他们回去告诉赵国人，我们秦军的威力有多大。"四十多万赵兵几乎全部被坑杀。

赵孝成王知道赵括战死的消息后生气极了，他气愤地说："原来这个赵括只是说得好听……如果不是事先答应了赵括母亲的请求，我一定不会就此罢休！"因为之前的约定，赵括的家人才没有受到牵连及遭受刑罚，逃过一劫。

经过长平一战，赵国国力大不如前，再也无法单独与秦国对抗。这场战役，改变了战国晚期的整个政治局势。

在赵惠文王的领导下，赵国国力十分强盛。可是赵孝成王继位后，年轻的他不像父王那样谦逊明智，因此无法准确判断形势，以及信任有战绩和谋略的廉颇。取代廉颇的赵括虽然是战功赫赫的赵奢的儿子，但是没有实战的经验，而且为人骄傲自大、自以为是、刚愎而轻敌，导致赵军被秦军彻底击溃，而他自己也因此丧命。更严重的是，"长平之役"使四十多万赵军全军覆没，赵国从此一蹶不振。这故事后来演变成"纸上谈兵"的成语，告诫人们应该认清自己的能力，除了要有理论知识以外，更应该身体力行、累积经验，才能成就大业。

图画知识

01 p.6

皮弁冠

弁，音同"变"。战国时期君王的头冠称为皮弁冠。冠用白鹿皮制成，且缝缀有五种不同颜色的宝石。据《新定三礼图》资料重绘。

02 p.6

组玉佩

为战国时期身份的表征，并具备君子的意象，以玉比君子德。参考彩绘木俑，湖北省江陵县纪城1号墓出土，湖北省文物考古研究所藏。自制线绘图。

03 pp.6-7

剑

参考河北省邯郸市百家村出土铜剑，邯郸市博物馆藏。

04 p.7

玄端冠

为战国时期官员常戴的头冠样式。据《新定三礼图》资料重绘。

05 pp.6-7

甲胄

战国时期的甲胄是将皮革裁成多片块状，以红色线绳组缀而成。参考湖北省枣阳市九连墩出土的皮胄与皮甲，湖北省博物馆藏。

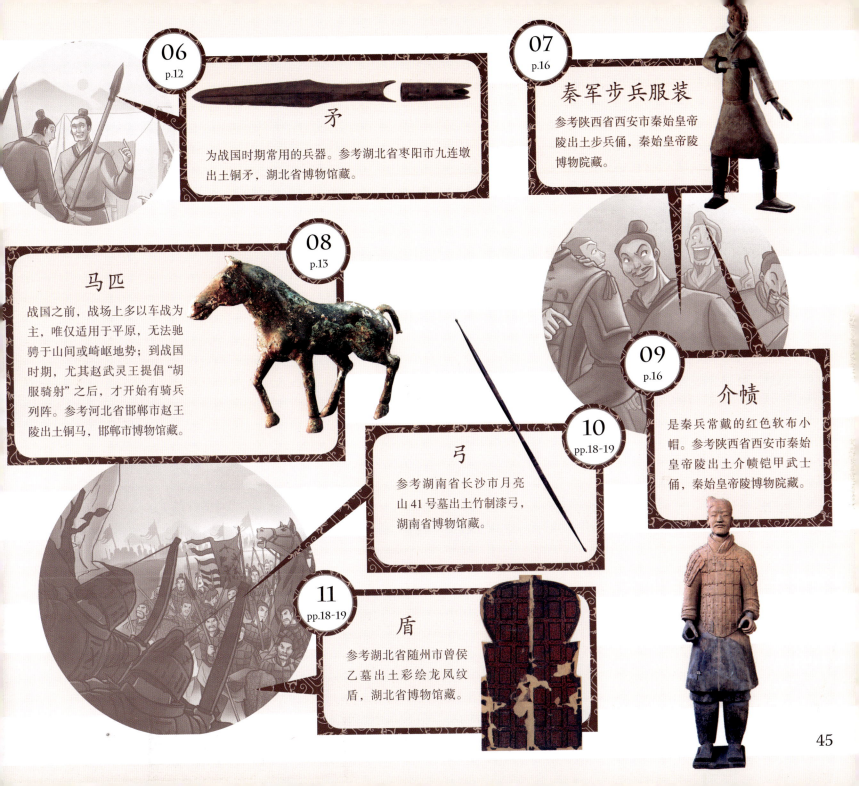

06 p.12

矛

为战国时期常用的兵器。参考湖北省枣阳市九连墩出土铜矛，湖北省博物馆藏。

07 p.16

秦军步兵服装

参考陕西省西安市秦始皇帝陵出土步兵俑，秦始皇帝陵博物院藏。

08 p.13

马匹

战国之前，战场上多以车战为主，唯仅适用于平原，无法驰骋于山间或崎岖地势；到战国时期，尤其赵武灵王提倡"胡服骑射"之后，才开始有骑兵列阵。参考河北省邯郸市赵王陵出土铜马，邯郸市博物馆藏。

09 p.16

介帻

是秦兵常戴的红色软布小帽。参考陕西省西安市秦始皇帝陵出土介帻铠甲武士俑，秦始皇帝陵博物院藏。

10 pp.18-19

弓

参考湖南省长沙市月亮山41号墓出土竹制漆弓，湖南省博物馆藏。

11 pp.18-19

盾

参考湖北省随州市曾侯乙墓出土彩绘龙凤纹盾，湖北省博物馆藏。

45

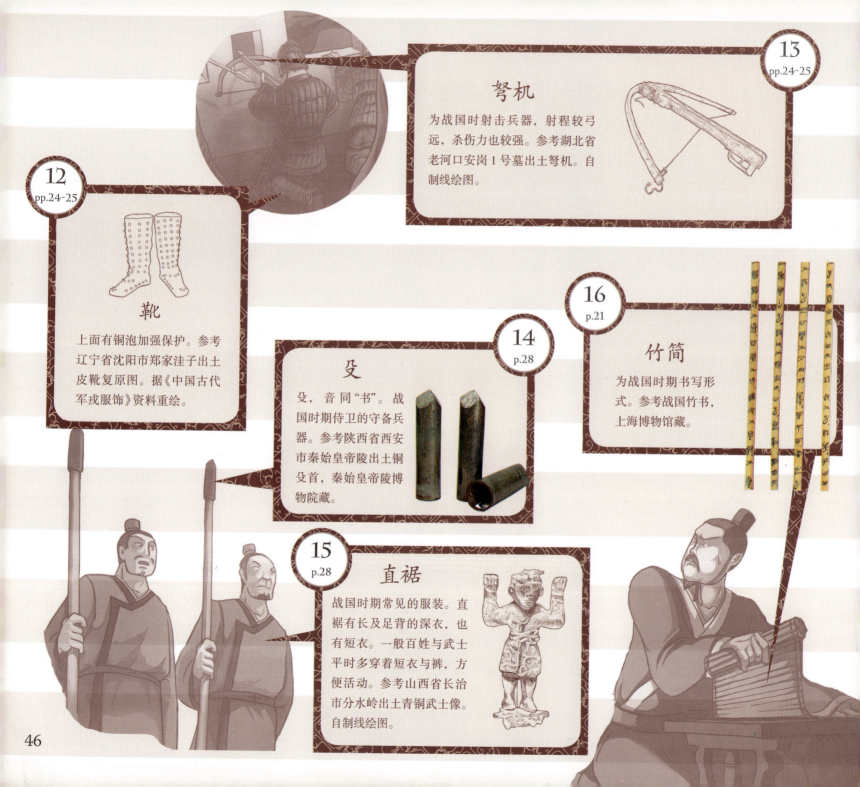

13
pp.24-25

弩机

为战国时射击兵器，射程较弓远，杀伤力也较强。参考湖北省老河口安岗1号墓出土弩机。自制线绘图。

12
pp.24-25

靴

上面有铜泡加强保护。参考辽宁省沈阳市郑家洼子出土皮靴复原图。据《中国古代军戎服饰》资料重绘。

14
p.28

殳

殳，音同"书"。战国时期侍卫的守备兵器。参考陕西省西安市秦始皇帝陵出土铜殳首，秦始皇帝陵博物院藏。

16
p.21

竹简

为战国时期书写形式。参考战国竹书，上海博物馆藏。

15
p.28

直裾

战国时期常见的服装。直裾有长及足背的深衣，也有短衣。一般百姓与武士平时多穿着短衣与裤，方便活动。参考山西省长治市分水岭出土青铜武士像。自制线绘图。

17
p.33

虎符

为战国时期的兵符,因为制成虎形,所以称为虎符。虎符通常从中剖为两半,右半边由君王保管,左半边则交给在外军队的将领。左、右半边虎符相密合,军令方足以采信。参考陕西省西安市山门口出土杜虎符,陕西历史博物馆藏。

18
p.37

带钩

为战国时期流行的腰带钩饰。参考河北省邯郸市武安市固镇古城出土错金银嵌绿松石铜带钩,邯郸市博物馆藏。

19
p.37

秦国将军服装

参考陕西省西安市秦始皇帝陵出土将军俑,秦始皇帝陵博物院藏。

20
p.37

秦军步兵服装

参考陕西省西安市秦始皇帝陵出土步兵俑,秦始皇帝陵博物院藏。

军服：从成语故事"纸上谈兵"里，可以知道赵国与秦国是战国后期的两大强国。当时，赵国之所以能够成为唯一可以与秦国抗衡的国家，除了它有骁勇善战的将领赵奢和廉颇之外，赵武灵王在军事上的改革，也起了很大的作用。他推行的"胡服骑射"，大大提升了赵国军队的战斗力。

"胡人"是当时中原人对西北少数民族的称呼。胡人穿的服装便被汉人称为"胡服"。

赵武灵王发现，赵国紧邻的北方少数民族穿着的服装，很适合骑马射箭时的需要，因此打仗时，胡人的动作也比汉人灵活得多。于是，赵武灵王将胡服引进赵国，并且大力推行骑兵作战及穿着胡人服装，而他自己更率先带头改穿胡服。从此，骑兵作为独立的兵种，并与车骑在战争中使用，自此之后，骑兵也被其他的国家采用。

赵武灵王的"胡服骑射"服装改革，主要是将骑兵上衣的衣袖改窄，下半身原来穿的"裳"改为裤，把鞋子改为有筒的皮靴（图1）。如此一来，士兵在打仗时，动作便比从前灵活敏捷多了（图2）。

图1　青铜武士像
山西省长治市分水岭出土
自制线绘图

图2　水陆攻战纹鉴拓本
河南省卫辉市山彪镇出土
自制线绘图

军服

图3 皮胄与皮甲
湖北省随州市曾侯乙墓出土
湖北省博物馆藏
自制线绘图

在"纸上谈兵"故事里，提到在阏与之战时，赵奢趁着秦军松懈，下令赵军脱下厚重甲衣，快步赶到前线驻扎下来。当时，军队在战场上，本来都要穿着厚厚的皮甲(图3)，以保护身体，减少受伤的机会。可是士兵们身上厚重的皮甲，也妨碍了行军的速度，所以赵奢才会命令全军脱下甲衣，轻装前进。

早在西周时期，士兵们已经开始使用皮甲护身了。初期，皮甲是用大片的犀牛皮等制造的，由于皮甲大且厚，所以无法按照士兵的体形剪裁，紧贴身上，令士兵无法行动自如。

到了春秋战国时代，改为将厚皮先切成约十至二十厘米的小片状，再按照士兵身体的曲线剪裁，然后用红色的线，把小皮甲片缝合成合身的皮甲。这样的皮甲，士兵穿起来行动比较方便。另外，会在甲皮上涂上黑色的漆，强化皮甲的表层，以减少皮甲被戳穿的机会。

除了皮甲，士兵的头顶都要戴上皮胄，双臂要套上铜臂甲(图4)，脚上穿的靴子也加上铜泡，以增加防御力(图5)。因为全身都受到了保护，士兵受伤的机会自然大大减少了。

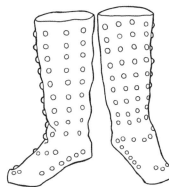

图5 皮靴复原图
辽宁沈阳郑家洼子出土
据《中国古代军戎服饰》
资料重绘

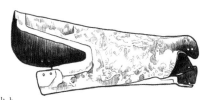

图4 铜臂甲
云南省江川县李家山出土
云南省博物馆藏
自制线绘图

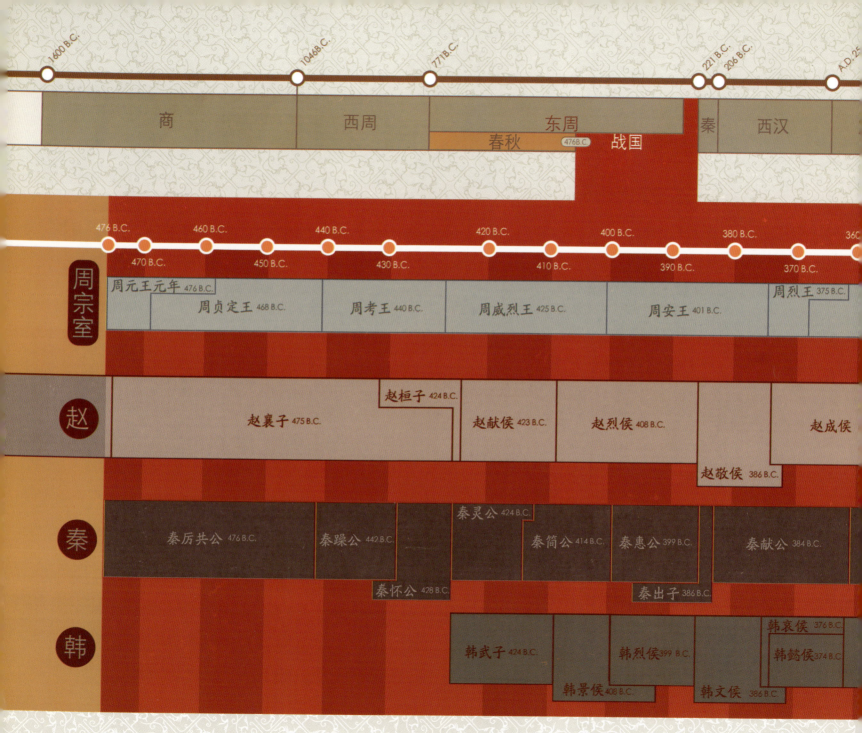

1600 B.C.	1046 B.C.	771 B.C.	221 B.C.	206 B.C.	A.D. 25

商　　西周　　东周　　秦　西汉

春秋　476B.C.　战国

476 B.C.	460 B.C.	440 B.C.	420 B.C.	400 B.C.	380 B.C.	360
470 B.C.	450 B.C.	430 B.C.	410 B.C.	390 B.C.	370 B.C.	

周宗室

周元王元年 476 B.C.　周贞定王 468 B.C.　周考王 440 B.C.　周威烈王 425 B.C.　周安王 401 B.C.　周烈王 375 B.C.

赵

赵襄子 475 B.C.　赵桓子 424 B.C.　赵献侯 423 B.C.　赵烈侯 408 B.C.　赵成侯

赵敬侯 386 B.C.

秦

秦厉共公 476 B.C.　秦躁公 442 B.C.　秦灵公 424 B.C.　秦简公 414 B.C.　秦惠公 399 B.C.　秦献公 384 B.C.

秦怀公 428 B.C.　秦出子 386 B.C.

韩

韩武子 424 B.C.　韩烈侯 399 B.C.　韩哀侯 376 B.C.　韩懿侯 374 B.C.

韩景侯 408 B.C.　韩文侯 386 B.C.

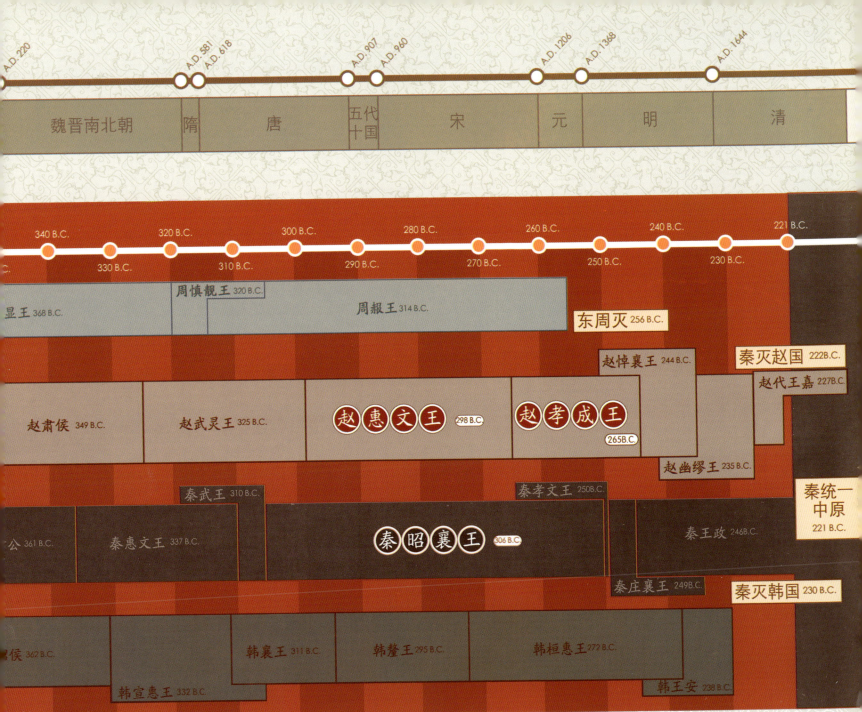

340 B.C.　　　　320 B.C.　　　　300 B.C.　　　　280 B.C.　　　　260 B.C.　　　　240 B.C.　　　　221 B.C.

330 B.C.　　　　310 B.C.　　　　290 B.C.　　　　270 B.C.　　　　250 B.C.　　　　230 B.C.

周慎靓王 320 B.C.

显王 368 B.C.　　　　　　周赧王 314 B.C.

东周灭 256 B.C.

赵悼襄王 244 B.C.

秦灭赵国 222 B.C.

赵代王嘉 227 B.C.

赵肃侯 349 B.C.　　　赵武灵王 325 B.C.　　　赵惠文王 298 B.C.　　　赵孝成王 265 B.C.

赵幽缪王 235 B.C.

秦武王 310 B.C.　　　　　　秦孝文王 250 B.C.

秦统一中原 221 B.C.

公 361 B.C.　　　秦惠文王 337 B.C.　　　秦昭襄王 306 B.C.　　　　秦王政 246 B.C.

秦庄襄王 249 B.C.

秦灭韩国 230 B.C.

侯 362 B.C.　　　韩襄王 311 B.C.　　　韩釐王 295 B.C.　　　韩桓惠王 272 B.C.

韩宣惠王 332 B.C.　　　　　　　　　　　　韩王安 238 B.C.

51

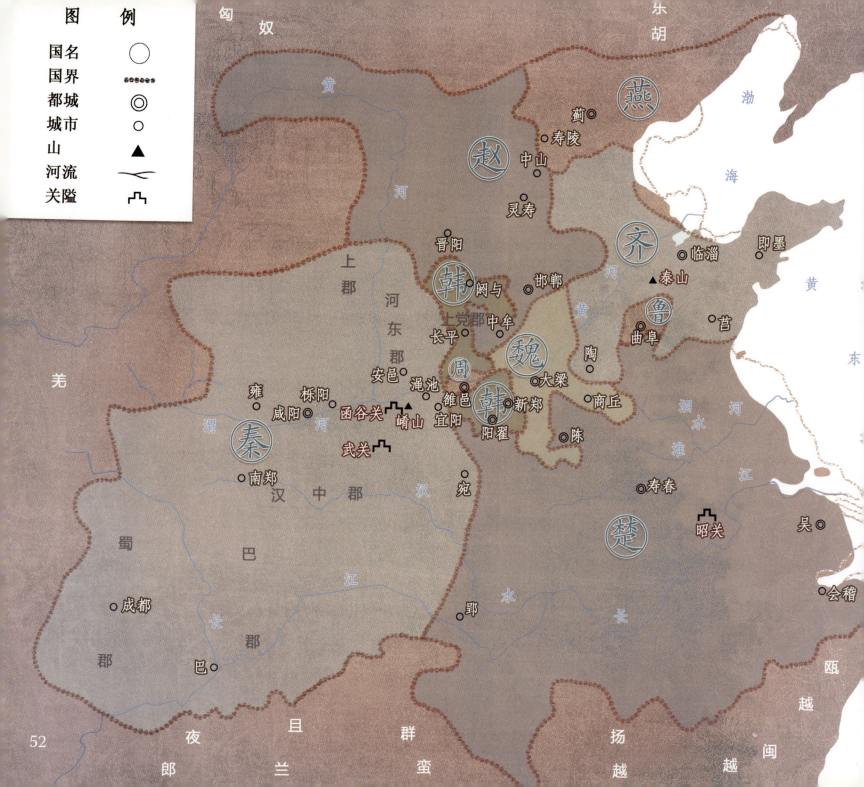

参考书目

· 沈从文，《中国古代服饰研究》，上海：上海书店，1997。

· 何琳仪，《战国古文字典》，北京：中华书局，1998。

· 周锡保，《中国古代服饰史》，北京：中国戏剧出版社，1984。

· 桑田悦等著，张咏翔译，《战略战术兵器事典1：中国古代篇》，新北市：枫树林，2011。

· 陆敬严，《中国古代兵器》，西安：交通大学出版社，1993。

· 杨宽，《战国史》，台北市：台湾商务印书馆，1997。

· 杨宽，《战国史料编年辑证》，台北市：台湾商务印书馆，2002。

· 刘永华，《中国古代车舆马具》，上海：上海辞书出版社，2002。

· 刘永华，《中国古代军戎服饰》，北京：清华大学出版社，2013。

· 刘秋霖等编，《中国古代兵器图说》，天津：天津古籍，2003。

· 韩兆琦注译，《新译史记》，台北市：三民书局，2012。

· 〔宋〕聂崇义，《新定三礼图》，北京：中华书局，1992。

后记

我们现在处于一个知识琐碎、资讯泛滥的年代，如何引导青少年有兴趣、有系统地阅读既悠久又浩瀚的中华历史与文化，是我们在编写这套书前，一直在思考的问题。

我在博物馆界工作的四十多年经验中，尤其在故宫博物院工作期间，为年轻人设计及举办了不少活动与展览，深刻体会并发现这一代年轻人是在视觉影像环境中长大的。他们对图像、动画的喜爱与敏感，将是他们学习最直接、最有效的媒介。

于是我们决定将中华文化以故事形式、图画手法、有系统地编写出版。《图说中华文化故事》为此诞生。

本丛书力求做到言必有据，插图中的人物、场景、生活用器、年表、地图皆有严谨考证，希望呈现不同时期的历史、地理、时尚、生活艺术、礼仪与背后的文化内涵。第一套推出的是战国时期赵国的成语故事，共十本，并辅以导读，把赵国的盛衰、文化特质、关键战役、重要人物及艺术发展逐一介绍，以便把十个成语故事紧密扣合，统整串合成赵国的文化史。

《图说中华文化故事》希望让全球的青少年有机会认识中华文化丰富的内涵，进而学习到其中蕴含的智慧。这是我们团队编写这套书最大的期盼与目的。

最后，本丛书第一辑"战国成语与赵文化"所用出土文物照片，承蒙上海博物馆、秦始皇帝陵博物院、湖北省博物馆、湖南省博物馆、邯郸市博物馆、中国国家博物馆、襄阳市博物馆、河北省文物研究所、河南博物院、云南省博物馆、陕西历史博物馆、四川博物院、北京故宫博物院、鸿山遗址博物馆及北京大学赛克勒考古与艺术博物馆惠予授权使用，在此谨致谢忱。

周功鑫

2014 年 11 月于台北

主编简介

周功鑫教授，法国巴黎第四大学艺术史暨考古博士，现为辅仁大学博物馆学研究所讲座教授。曾任台北故宫博物院院长（2008.5—2012.7）、辅仁大学博物馆学研究所创所所长（2002—2008）。服务故宫及担任院长期间，曾创设各项教育推广活动与志工团队，并推动多项国际与两岸重量级展览与学术研讨活动，其中"山水合璧——黄公望与富春山居图特展"（2011），荣获英国伦敦 *Art Newspaper* 所评全球最佳展览第三名，及台北故宫被评为全球最受欢迎博物馆第七名。由于周教授在文化推动方面的卓越贡献，先后获法国文化部颁赠艺术与文化骑士勋章（1998）、教宗本笃十六世颁赠银牌勋章及奖状（2007）及法国总统颁赠荣誉军团勋章（2011）等殊荣。

书　　名　图说中华文化故事 5
　　　　　战国成语与赵文化　纸上谈兵

主　　编　周功鑫
原创制作　小皮球文创事业
艺术总监　纪柏舟
统　　筹　金宗权　许家豪

研究编辑　张永青　　　　　场景设计　张可靓
资讯管理　林敬恒　　　　　绘　　画　张可靓　王彩苹　周昀萱
撰　　文　张永青　　　　　锦地纹饰　刘富璁
人物设计　张可靓

出 版 人　陈　征
责任编辑　李　霞　毛静彦
印刷监制　周剑明　陈　淼

出　　版　上海世纪出版集团　上海文艺出版社
　　　　　200020　上海绍兴路 74 号
发　　行　上海世纪出版股份有限公司发行中心
　　　　　200001　上海福建中路 193 号　www.ewen.co
印　　刷　北京一鑫印务有限责任公司
版　　次　2015 年 11 月第 1 版　2019 年 3 月第 4 次印刷
规　　格　开本 889×1194　1/16　印张 3.5　插页 4　图文 56 面
国际书号　ISBN 978-7-5321-5929-1/J·408
定　　价　32.00 元

告读者　如发现本书有质量问题请与印刷厂质量科联系
T：010-61424266

图书在版编目（CIP）数据

纸上谈兵 / 周功鑫主编 .—上海：上海文艺出版
社，2015.11（2019.3 重印）
　（图说中华文化故事 . 战国成语与赵文化）
ISBN 978-7-5321-5929-1

Ⅰ.①纸… Ⅱ.①周… Ⅲ.①汉语—成语—故事
Ⅳ.① H136.3

中国版本图书馆 CIP 数据核字（2015）第 238395 号